LE PASSAGER CLANDESTIN

de Do Spillers
illustré par Stéphane Girel

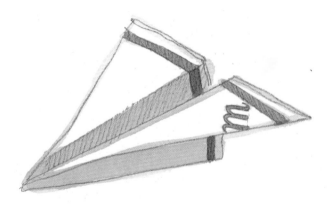

À Batiste V.
Stéphane

Ce matin-là, un matin d'hiver comme presque tous les autres, Matthieu, un petit garçon comme presque tous les autres, terminait son petit déjeuner en vitesse.

Enfin, c'était sa mère qui disait sans arrêt : « En vitesse ! » C'est vrai qu'une hôtesse de l'air est toujours pressée. Mais lui, il ne voyait pas de raison de se dépêcher !

Au moment de sortir, la main sur la poignée de la porte, sa mère lui demande :

– Tu as un mouchoir, au moins ?

– Oui, euh…, répond Matthieu tout en tâtant ses poches. Enfin… non, je n'en ai pas.

– Allez ! File en prendre un dans ta chambre.
Et comme Matthieu ne bouge toujours pas :
– Plus vite que ça ! Tu vas être en retard
à l'école, et moi à l'aéroport.
Le petit garçon grimpe les escaliers quatre
à quatre. Arrivé à sa chambre, le voici déjà
moins pressé. Au lieu d'ouvrir le tiroir où
l'attendent les mouchoirs, sagement empilés,
tout propres et bien repassés, il se met à
regarder autour de lui.
Distraitement, il parcourt des yeux les
animaux en peluche sur le lit, les petites
autos sur la cheminée, l'étagère qui croule

sous les livres pleins d'histoires formidables…
« Mais où peuvent bien se cacher ces
mouchoirs ? » se dit-il, un peu agacé.
Comme s'il venait de tout retourner, à la
recherche d'un mouchoir introuvable !

Il se rappelle que sa mère, un jour, lui a
enseigné comment retrouver un objet
égaré : se souvenir de la dernière fois qu'on
s'en est servi…
Debout à l'entrée de sa chambre, toujours
sans chercher vraiment, Matthieu réfléchit :

« Hier, à l'école, j'en avais un… C'était un mouchoir blanc, brodé d'un M bleu dans un coin… Oui, je me souviens : je l'ai utilisé pendant qu'on faisait de la peinture.

– T'as vu ce dragon de feu, tout rouge ? s'est exclamé Geoffrey.

– Ouâââh ! Terrible ! j'ai reconnu.

À ce moment-là, le mouchoir a dû tomber de ma poche… et Geoffrey l'a ramassé, c'est ça !

Puis il a ajouté, en confidence :

– Tu sais quoi ? Demain, je ne viendrai pas à l'école, ni les autres jours de la semaine. Je pars en Amérique, chez ma tante.

Je me suis étonné :

– C'est bizarre, ça ! T'as une tatie à New York, toi ? »

À la porte de sa chambre, Matthieu reprend le fil de ses idées :

« Zut ! C'est malin ! Voilà que Geoffrey est parti avec le mouchoir. Je suis sûr qu'il s'en sert pour faire au revoir de la porte de l'avion… Mon mouchoir ! »

CHAPITRE 2

Les portes se ferment. Les réacteurs produisent un sifflement épouvantable. L'avion commence à rouler sur le tarmac, de plus en plus vite. Au décollage, Geoffrey tient le mouchoir serré, très serré dans son poing, tout au fond de sa poche.

– C'est la première fois que tu prends l'avion ? demande l'hôtesse gentiment. Regarde par le hublot : tu vois les maisons, les autos… ?

– Oh oui ! répond Geoffrey, qui oublie déjà qu'il avait un peu peur. On dirait des Lego !

Puis, l'appareil entre dans les nuages…

À l'atterrissage, le garçon pointe le doigt vers l'extérieur :

– Tu as vu, Papa ? La statue de la Liberté, là, tout en bas. Minuscule !

À New York, l'aéroport Kennedy grouille de voyageurs venus du monde entier.

– Eh ! Nos valises, regarde ! Elles se promènent toutes seules sur un tapis roulant !

– Bien ! dit le père, après avoir récupéré les

bagages. Reste à trouver ma sœur… Tiens !
C'est elle, là-bas, au pied de l'Escalator.
Tu la vois ?

Difficile de ne pas la voir ! On la repérerait
à des kilomètres, dans son ensemble rose
Malabar.

Elle fait de grands signes en sautillant sur
place comme une petite fille :

– *Oh ! Johnny, my Johnny !* Comme tu as
manqué à ta petite sœur !

Autour d'eux, tout le monde les regarde.

« Johnny ! pense Geoffrey. Il s'appelle Jean, tout de même ! Elle le sait bien… »

– *Oh ! Johnny !*

Et ça continue ! Elle le couvre de baisers… et de larmes dégoulinantes de Rimmel.

Ils se mouchent tous les deux… et conseillent à Geoffrey d'en faire autant.

– Mais…, s'apprête-t-il à protester.

Puis il se ravise : le moment paraît mal choisi pour faire des histoires. Alors, il sort son mouchoir, à peine chiffonné, et…

La tante se met à hurler :

– *Please, no* ! C'est répugnant !

Elle attrape le mouchoir entre le pouce et l'index, et le balance dans une poubelle :

– *Bye bye,* petit mouchoir ! fait-elle avec une grimace de dégoût, tandis qu'elle extrait de son sac un Kleenex qui sent la pharmacie.

– C'est tout de même plus hygiénique, non ? conclut-elle sur un sourire pour dentifrice.

13

Et le mouchoir au M brodé attend au fond de sa poubelle, en compagnie de paquets de cigarettes vides et d'emballages de chocolat.

Le soir, alors que l'aéroport est désert, une nettoyeuse arrive, chargée de vider les poubelles. Le mouchoir tombe, avec toutes les saletés, glisse au travers d'un conduit tout noir et termine sa course dans un conteneur, au sommet d'un énorme tas d'ordures.

Au bout de quelques minutes, un camion jaune stoppe dans un grand crissement de freins.

15

Deux hommes en salopette cirée jaillissent
de la cabine.
– OK, Joe, crie l'un à l'adresse du chauffeur.
Recule encore un peu… Stop !
– Attention ! lance l'autre. Conteneur
verrouillé ? OK ! Lever !
Les bras mécaniques secouent la benne.
On entend dégringoler les saletés.
Pchhh ! Le système hydraulique repose
le conteneur à sa place.
Les hommes remontent à bord,
et le gros camion-poubelle s'éloigne
dans la nuit américaine.

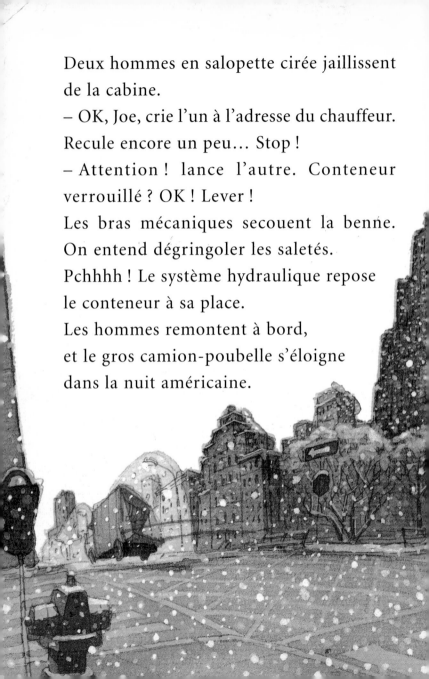

Longtemps, il roule dans
les rues de New York.
À un carrefour, quelque chose
de blanc – le mouchoir –
se détache de l'arrière du camion.

Vingt mètres plus loin, la bourrasque, qui l'emporte avec quelques flocons de neige, le plaque sur le pare-brise d'une grosse Buick marron en stationnement interdit. Le mouchoir reste accroché à l'essuie-glace, tandis que le long capot noir et blanc d'une Dodge de la police débouche de l'avenue latérale et traverse au ralenti.

À cet instant, un gros homme sort du bar d'en face pour regagner sa voiture. La Buick, justement. Il tient son col de fourrure relevé sous le menton.

– *Damn'* ! Une contravention ! grince-t-il en apercevant le rectangle blanc sur son pare-brise.

Il fusille du regard les feux arrière de la voiture de patrouille, qui disparaît dans la nuit.

Il se saisit du « papier »… et éclate de rire :

– Un mouchoir ! Quel idiot je suis !

L'incident l'a mis de bonne humeur. Il empoche le mouchoir en sifflotant, s'assied au volant et tourne la clé de contact : Rrheu-heu-hhh-hh-h… Plus rien. Le gros homme a cessé de siffler. Il ressort, lève le capot, tripote trois fils. Peine perdue, la Buick refuse toujours de démarrer. Le bonhomme commence à s'énerver : malgré le froid, la sueur lui perle au front. Machinalement, il sort le mouchoir de sa poche pour s'éponger.

– Saleté de pourriture de bagnole !

Il lui envoie un coup de pied, avant de s'avouer vaincu.

– Obligé de prendre le bus, maintenant ! grommelle-t-il en s'éloignant.

CHAPITRE 4

Dans le bus « Greyhound »
qui ronronne en traversant la nuit, le gros
homme s'est assoupi sur le premier siège,
à côté du conducteur.

Sur la tablette avant, il a posé son paquet
de cigarettes, comme s'il était dans sa voiture,
et, à côté, le mouchoir…

Le vent glacé charrie quelques flocons qui
s'écrasent sur le pare-brise géant.

– Et la neige, en plus ! maugrée le chauffeur,
qui se bat contre la buée.

Il frotte la vitre du dos de la main, puis,
sans quitter des yeux la route qui défile

dans le double pinceau des phares, il explore la tablette à droite du volant. Ses doigts rencontrent le mouchoir.

– Ah ! ça essuie mieux, soupire-t-il à mi-voix.

Sept heures et demie. Le jour se lève sur la gare routière. Dans la pénombre du hangar désert, le moteur du « Greyhound » refroidit doucement. Le métal craque, comme si une horloge fatiguée s'endormait peu à peu sous le capot. Rien ne bouge. Dans le bus, sur le siège du chauffeur, une petite boule de chiffon humide…

À huit heures moins cinq, les néons s'illuminent sous le plafond en tôle : le nettoyeur prend son service. Sous le bras, l'extrémité d'un tuyau flexible au bout duquel il remorque un aspirateur chromé. En traversant le hangar d'un pas traînant, le vieil homme noir entonne un air de blues rythmé par le couinement des roulettes de l'aspirateur. Il ouvre la porte du bus et se met au travail, fredonnant toujours son drôle de chant :

Ramasser ce qui traîne par terre,
C'est mon job, c'est mon boulo-ot,
Les papiers gras, les boîtes de bière,
C'est mon truc, c'est mon affai-aire...
Et wô-ô-ôh, les vieux mégots,
Les vieux mégo-o-ots...

Le vieux Noir s'en va, tirant toujours son aspirateur. Au vestiaire, il quitte ses vêtements de travail et les accroche au portemanteau.

Un brin de toilette, un coup d'œil dans le miroir des lavabos, histoire de vérifier la position de son petit béret : il est prêt... La porte des vestiaires s'ouvre à la volée. Entre un Chinois à l'air pressé.

– 'Lut, Sam ! lance-t-il d'une voix nasillarde. Avant que Sam ait pu répondre, il a déjà attrapé l'uniforme pendu au crochet et s'apprête à le fourrer avec les autres dans un grand sac de toile blanche.

– *Hey, man !* Pas si vite, fait le Noir. Il y a mes « choses » dans les poches.

– 'Z-ont bien failli être lessivées, tes « choses », sourit le Chinois pressé. Hi, hi, hi ! Fais voir ta récolte...

Sam extrait de ses poches les trésors glanés dans le « Greyhound », et se remet à chanter sur le même air :

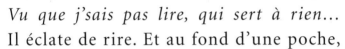

Un stylo à bille et deux
briquets, yeah !
Deux briquets, dont un
presque plein,
Trois chewing-gums et un
bouquin,
Un bouquin, hein, qui sert
à rien,
Vu que j'sais pas lire, qui sert à rien...
Il éclate de rire. Et au fond d'une poche,
il oublie le petit mouchoir que tout
à l'heure il avait soigneusement
défroissé, puis plié en quatre.

– 'Lut, Sam ! fait le Chinois, qui
ressort au trot, son baluchon sur
l'épaule.

D'un bond, il saute sur le
marchepied de sa camionnette
de blanchisserie, et hop ! il
expédie le sac de toile à
l'arrière, parmi les autres
ballots de linge, et démarre en
trombe.

CHAPITRE 5

Le lendemain après-midi, un homme à l'allure décidée quitte la blanchisserie et regagne sa voiture, un paquet de linge propre enveloppé de papier sous le bras.

Sur le trottoir, deux gamins qui font du skate se poussent du coude :

– Un sportif, je te dis ! Pilier des « Tigers », même !

– Footballeur…, tu parles ! Avec une navette spatiale sur la manche et Nasa écrit dessous ! C'est Robson, l'astronaute. Lui, et personne d'autre !

Le commandant Robson sort de sa douche. Le carrelage de la salle de bains ne serait pas plus inondé si une demi-douzaine d'otaries étaient passées par là ! Dans la chambre voisine, la télé fonctionne toute seule. Sur le lit, le paquet de la blanchisserie est ouvert ; le linge rangé en piles bien nettes porte la marque Nasa, sauf un petit mouchoir marqué d'un M bleu.

Par la porte entrebâillée, les bribes d'un bulletin d'information parviennent jusqu'à la salle de bains.

Soudain, le commandant s'immobilise, l'oreille tendue :

«… Prochain départ de la navette spatiale. »

On parle de sa mission ! Dans la glace, il sourit à son reflet à moitié couvert de mousse à raser et…

– *Hey !*

… il se coupe au menton.

Quelques minutes plus tard, J. C. Robson sort de chez lui, monte dans sa voiture et prend la direction du centre spatial.

Il conduit d'une seule main : de l'autre, il presse un petit mouchoir sur son menton. Le soir même, aux informations télévisées, l'équipage de la navette salue l'Amérique et le monde entier, de la porte du vaisseau spatial. Le commandant Robson sourit aux caméras. Il porte un minuscule pansement au menton.

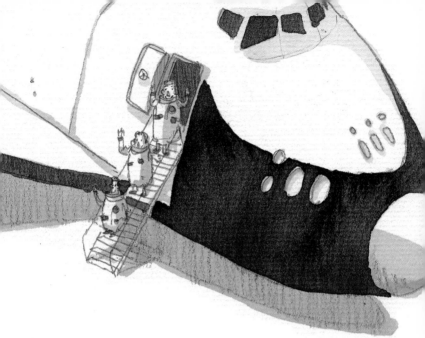

Après huit jours en orbite autour de la Terre, la navette achève sa mission.

Le vaisseau descend de très haut dans le ciel parfaitement bleu de cap Canaveral. Il se pose sur la piste, simplement, comme un gros avion.

Un à un, les astronautes apparaissent à la porte. Le commandant Robson est le dernier. Il salue. À son menton, plus de trace de coupure. Le mouchoir, lui aussi, est oublié.

CHAPITRE 6

Deux semaines plus tard, à bord
d'un Boeing 747 qui traverse l'Atlantique à
destination de l'Europe, une petite fille pas
du tout timide vient s'asseoir carrément à
côté d'un passager blond à la carrure
d'athlète.

– *Hi !* Je m'appelle Stephany. Je t'ai reconnu.
Puis, un peu plus bas, elle ajoute :

– Mais ma mère ne veut pas croire que
c'est vraiment toi. Paie-moi une limonade,
pour qu'elle voie que j'ai raison.

Le commandant rigole. Il appelle l'hôtesse
et offre à sa nouvelle copine la limonade

demandée. Stephany lui saute au cou pour le remercier… et lui renverse le gobelet sur les genoux. La voici prête à pleurer !

Mais J. C. est son copain, heureusement : il éclate de rire, malgré son pantalon trempé de limonade.

Il fouille ses poches à la recherche de quelque chose pour s'essuyer… Et c'est le mouchoir M qui réapparaît !

L'hôtesse arrive à la rescousse, armée d'un paquet de serviettes en papier, et répare les dégâts, le mieux possible. Ensuite, elle les débarrasse du mouchoir tout imbibé de limonade.

Dans le réduit où l'on prépare les boissons, elle jette les Kleenex et passe le mouchoir sous le robinet. Mais la petite tache rouge ne s'en va pas. Puis elle le met de côté et n'y pense plus.

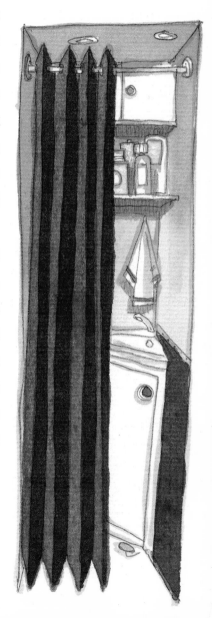

CHAPITRE 7

Du rez-de-chaussée monte la voix impatiente de la mère de Matthieu :

– Alors, ce mouchoir ? Tu le trouves, oui ou non ?

Matthieu revient à lui, un peu éberlué. Il bredouille :

– Oui... oui, j'arrive !

Vite, il se baisse et ramasse le mouchoir, simplement tombé au pied du lit. Un peu étonné, il le regarde sans comprendre : dans le coin, à côté du M brodé, le tissu blanc est piqué d'une petite tache rouge sang qu'il n'avait encore jamais remarquée.

37

Tout à coup, il le fourre dans sa poche et murmure :

– Ben oui, évidemment ! C'est Maman qui est rentrée hier soir des États-Unis. Quand elle est venue m'embrasser dans ma chambre, le mouchoir a dû tomber de la poche de son tailleur, voilà tout.

Content de son explication, il dévale les escaliers et rejoint sa mère.

– Eh bien ! Tu en as mis du temps pour un malheureux mouchoir. Allons, en route !

– Tiens ! reprend-elle quelques pas plus loin, ton ami Geoffrey, ce n'est pas ce matin qu'il part en Amérique voir sa cousine Stephany ? Il sera peut-être dans mon avion… Je fais le vol de New York, aujourd'hui.

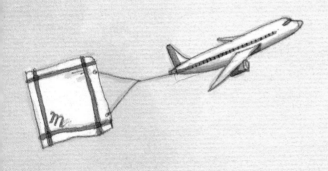

© 1999 Éditions MILAN – 300, rue Léon-Joulin, 31101 Toulouse Cedex 1 – France
Droits de traduction et de reproduction réservés pour tous les pays.
Toute reproduction, même partielle, de cet ouvrage est interdite.
Une copie ou reproduction par quelque procédé que ce soit, photographie, microfilm,
bande magnétique, disque ou autre,
constitue une contrefaçon passible des peines prévues par la loi du 11 mars 1957
sur la protection des droits d'auteur.
Loi 49.956 du 16.07.1949
Dépôt légal : 3ᵉ trimestre 1999
ISBN : 2-84113-897-6
Imprimé en France par Pollina - N° 77979 D